KB120602

2름이다
어둠은 처음부터 내꺼것
바깥으로 휘두르려 손을 더듬더듬 안으로
거두어들였을 때 내가 있어졌다
어둠의 배역이
온전히 딱 하나를 키워내는 것, 그것뿐이라면
그대로 좋은가, 지금

「어두워서 좋은 지금」부분

박 노 유

어두워서 좋은 지금

시작시인선 0129
어두워서 좋은 지금

찍은날 | 2011년 5월 25일
펴낸날 | 2011년 5월 30일

지은이 | 박소유
펴낸이 | 김태석
펴낸곳 | (주)천년의시작
등록번호 | 제300-2006-9호
등록일자 | 2006년 1월 10일

주소 | (우·110-034) 서울시 종로구 창성동 158-2 2층
전화 | 02-723-8668
팩스 | 02-723-8630
홈페이지 | www.poempoem.com
전자우편 | poemsijak@hanmail.net

ⓒ박소유, 2011. printed in Seoul, Korea

ISBN 978-89-6021-157-5 03810
       978-89-6021-069-1 (세트)

어두워서 좋은 지금

박소유 시집

2011

내가 정말 시를 좋아한 게 맞나?

2011년 봄
박소유

■ 차 례

자줏빛 紫

이 빛을 보면 불안하다
몸 아픈 곳을 짚어내는 빛이며
깊게 스며들어 뼛속까지 아린 자주감자고
혓바닥까지 늘어진 자목련 꽃잎이며
피 터지게 싸우고 난 수탉의 볏이다
구구절절, 피 멍 든 생들은
처음부터 그런 빛 그런 몸을 지녔으니
더 아플 것 없겠다 쉽게 말하지 마라
세상이 온통 자줏빛이다
누구는 상처를 꽃으로 읽지만
나는 벌써 꽃이 상처로 보인다

앞날

 산비탈 잡목 숲을 향해 그가 손짓한다 연달래 피었다
고, 붉지도 희지도 않아 물에 헹구어 낸듯한 꽃, 햇빛에 속
비치는 아사형겊 같다 나는 진달래 밖에 몰랐는데 수달래
도 있단다 갑자기 입 안에 꽃 이름이 줄을 선다 진달래는
붉고 연달래는 연하다 그 다음 수달래라니, 진한 진달래
에서 연한 연달래 사이로 몇 걸음 걸어가다 주춤한다 흰
색이라고? 소복 같고 소색나비 같고 흰 머리칼 할미꽃 등
허리 같은…앞날이 급박하게 나를 잡아당긴다 진달래 다
음이 연달래 그 다음 수달래라면 이 걸음 너무 빠르다

 멈춰라! 그곳은 아직 멀고 꽃은 이제 막 피었다

허무맹랑

입이 없으면 생이 가벼울 거라 생각했는데 먹자골목,
줄지어선 간판 불빛에 하루살이 떼가 까맣게 붙어있다 막
무가내 제 하루를 다 걸고 거래 중이다 위험천만하다 입
과 가까워진다는 건

치매 앓던 노인이 먹을 걸 이불속에 감춰두었다 얼마나
깊이 감추었는지 자신도 잊고 가져가지 못한 게 죽은 뒤
에 다 나왔다 아무리 긁어 먹어도 냄비 바닥에 굴러다니
는 생선 눈알처럼 결국엔 남기고 갈 것을

입 하나에 매달려 살았나 며칠 금식을 했을 뿐인데 실
밥이라는 말에도 사무친다 톱밥, 꽃밥, 실밥이라는 말은
나비 날개 놓아 주듯 가볍게 밥을 놓아주는 일 아닌가 공
중을 밥으로 채우고 저절로 공복이 채워지기를 바라는 것
인데

젖통을 양쪽에 안고 살아도 아무 소용이 없다 금식하는
동안 내게 와서 표류하던 그 많은 밥때가 차곡차곡, 마른
나뭇잎처럼 쌓였다 부스럭, 자꾸 허기를 들추는 바람에게
모른 척 하라고 말할 수밖에 없는데

걸려 있다

　어쩔 수 없이 내 그림자와 헤어져야겠다 좁은 길에 물지게를 지고 빠져 나가려는 사람을 본 적 있다 지고 가던 물지게가 가로로 턱, 골목 입구에 걸려 있는 걸 십자가를 진 사람처럼 그 자리에 못 박혀 있는 걸

　오래 전 골목길에서 보았던 뒷모습이 오도 가도 못하고 내게 걸려있다 차라리 오동나무에 걸렸으면 보랏빛 오동꽃에 얼굴이나 묻지 서벅대는 오동잎에 발바닥이나 씻지 그 사람 고개 돌리면 천 번 쯤 바뀌었을까 내 얼굴

천사의 도시

아무 생각 없이 앞 사람을 따라 가다
걸을 때마다 날개 뼈가 움찔거리는 걸 보았다
걷는데도 날개가 필요하다니,
순간 공중이 환해졌다
천사를 따라가고 있으니
나도 모르게 걸음이 가벼워졌을 거다

새소리가 노래든 울음이든 상관없다
천사가 남자든 여자든 상관없다
중요한 건 날개인데
우린 벌써 공중을 잃어버렸다
날려고만 하지 않으면 추락할 일도 없을 테니
앞만 보고 따라가면
오늘도 무사히 집으로 돌아가게 될까

그런데 앞 사람이 갑자기 뒤돌아본다
천사는 감쪽같이 사라지고
세상에, 그렇게 복잡한 가면은 본 적 없어서
하마터면 길을 잃을 뻔 했다
그러고 보니 비상구 계단이 공중에 걸쳐져 있고

위험을 무릅쓰고
사람들이 공중에서 쏟아져 내려오고 있다

어두워서 좋은 지금

처음 엄마라고 불러졌을 때
뒤꿈치를 물린 것 같이 섬뜩했다
말갛고 말랑한 것이 평생 나를 따라온다고 생각하니
어디든 도망가고 싶었다
너무 뜨거워서
이리 들었다 저리 놓았다 어쩔 줄 모르다가
나도 모르게 들쳐 업었을 거다

아이는 잘도 자라고 세월은 속절없다
낯가림도 없이 한 몸이라고 생각한 건 분명
내 잘못이다
절대 뒤돌아보지 말라는 말이 복음이었나
앞만 보고 가면
뒤는 저절로 따라오는 지난날인 줄 알았는데
돌아보니 깜깜 무소식이다

그믐이다
어둠은 처음부터 나의 것
바깥으로 휘두르던 손을 더듬더듬 안으로
거두어들였을 때 내가 없어졌다

어둠의 배역이
온전히 달 하나를 키워내는 것, 그것뿐이라면
그래도 좋은가, 지금

은목서에 길을 내다

충충나무 한 그루가 죽어간다 삶과 죽음이 늘 반대편에 있다고 생각했지만 죽음이, 껴안고 있던 삶을 놓아버리는 그 순간 비로소 한 몸이었음을 깨닫는 가엾은 생이여

한 잎이 한 잎을 떠나보내고 또 다른 잎이 그 잎을 떠나보낼 때까지 처음 한 잎에게 주었던 물을 마지막 한 잎에게도 준다 나도 누군가를 떠나보내는 남은 한 잎이 되어

그 많던 잎이 어디로 갔는지 그 많던 햇살을 조각조각 떠메고 어디로들 갔는지 늘 가던 길 위에선 찾을 수 없다 나무속에 길이 있어 차례로 들어가 버렸다는 느낌

삶이 그 자리를 떠난다는 건 남천 북로에서 지는 해를 다시 볼 수 없는 늘 가던 길이 아닌 다른 길을 가는 것이다 저렇게 멀리서 해가 지듯 길이 저 혼자 멀어져 가는 것이다

선물

전봇대가 십자가처럼 줄지어 서 있습니다
처형할 사랑도
순교할 사랑도 없는 만경평야에
검은 새 떼가 어떤 맺힘도 없이 자유분방하게 날아옵니다
지독한 날개의 힘!
온 세상을 다 덮고도
지나가는 고양이 등에 도둑 도둑 어둠을 얹습니다
무슨 혈연처럼 무조건 한 떼가 되어버린
이것이 내 것인가
남의 것인가 구별 없이 뒤섞인 표정들
찾으러 온 걸까요
알게 모르게
조금씩 빈틈을 다 내주고도 가득 받았다고 생각되는
감염, 어쩌면 감전일지도 모를
만경평야는 지금 어둡습니다
그 많은 날개를 한꺼번에 못 박고 제 풀에 적막해지는데
퍼럭, 바람이 펼쳐보려다 얼른 덮어요
모두 캄캄해지기로 굳게 마음먹은 것 같은데

십자가만 빛납니다

무얼 받았나

절대 손바닥을 펴 보면 안 됩니다

그 누구의 꿈도 아닌

강아지가 갈비를 뜯고 있다
물고 뜯고 흔들어도 살 한 점 떨어지지 않는데
정말 모르는 걸까, 가짜라는 걸
애인 손잡고 한참을 걸어왔는데
잡고 있던 손을 보니 빨간 고무장갑이다
속이 텅 비어있어
그동안 무얼 잡고 왔나, 궁금하기만 했는데

한 점 입안에 들어 올 것도 없는
가짜 갈비를
맛있는 척 물고 뜯고 흔들어보는 그 속은
오죽했을까, 짐작만 할 뿐
생은 도무지 속내를 보여 주지 않는다
아른아른 뭔가 있을 듯도 한데 아무 것도 없고
입에 쓴 말도 가끔은 고인 침으로 감미로운데

사랑하는 이들의 동상이몽은
그 누구의 꿈도 아닌 꿈을 꾸는 것
나도 몰랐다 네가 가짜라는 걸
그래 졌다

한 번만이라도 이기고 싶어서

오늘도 너를 찾아 헤매는 나는 술래다

바람앵무

그 말 속에 나는 있었던가 없었던가
모과꽃 분홍부리로
쓸데없는 말만 흉내 내다 한 생이 흘러간다

한 때 떨림이라는 것이
내 깃털의 한 가지로 전해지기도 했지만
오래 묻어 둔 혀를 내밀듯
아직도 사랑은 쉽게 발음되지 않는다

나 살아있는 동안
세상이 뿌리로만 더듬어 가야 할
무덤 속이라 생각하지 않았다
날아가라
나를 떠난 모든 것은 날개를 가졌다
처음부터 너를 가둔 새장은 없었다

바람의 입을 빌렸나
내 말이 당도 했을 땐 휘휘, 바람소리뿐
풍장 친 무덤같이 흔적 없다고
저 혼자 중얼거리다 마는 사랑이여

아직 모르는 채

죽음은 늘 눈앞에 있는데
너무 멀리 가 뿌리를 묻어 두고 왔다
갑자기 퍼부어대던 눈은 적설량도 없이 사라지고
금방 나온 햇빛도 눈 시리긴 마찬가지다
왜 돌아본 걸까
차가운 별자리에 묻힌 총총한 별들을

천남성이 올라온다
오래 움켜쥐고 있던 주먹도
마지막 순간에는 힘없이 풀어지고 말던데
언제 필 것인가, 저 꽃잎
피는 것이 곧 지는 것이란 걸 알아버린
운명론자처럼 끝끝내 주먹손이다

잘 가라, 폭설조차 저리 흔적 없으니
네 자리가 어딘지 묻지 않겠다
죽음이란 가볍지도 무겁지도 않은 통속일 뿐이라고
잠깐 햇빛 속에서 시린 눈을 비비고 있을 때
내 알 바 아니라는 듯
별의 뿌리가 깊고 단단해진다

흘러간 노래

언니와 함께 노래 부릅니다
귀에 못이 박이도록 들은 흘러간 노래
마포종점
그 노래 한 곡밖에 모르는, 평생 노래 솜씨 늘지 않는
엄마 생일이라서 부릅니다
저 멀리 당인리에 발전소도 잠든 밤
노래방 반주에 맞춰 이절까지 넘어가자
모두들 은방울 자매 같다고 손뼉을 치는데
끝까지 불러서도
종점까지 가서도 안 됩니다

할미꽃 언덕에 앉은 엄마
오소소, 소름 돋은 꽃가지가 등이 굽었습니다
그 모습 안쓰러워
색동옷 입혀 함께 놀고 싶었는데
번쩍번쩍 색색으로 도는 조명에도
저문 여자의 일생은 도무지 빛날 줄 모릅니다
멀리 간다는 건 지루한 노래 같은 걸까요
자꾸 하품을 합니다
마포종점은 아직 입안에 맴돌고 있는데

엄마는 어디로 흘러가는 걸까요

자장가

잠은 오는데 잠들지 못하는 너를 끌어안고 젖을 물린다 자장자장, 헐거운 수도꼭지에 새는 물처럼 내 입에서 새어나오는 자장가는 잠투정도 재우고 아기별도 재우고 캄캄한 외출도 재운다 너는 벌써 죽었는데 아직도 내게 매달려 탯줄그네를 타는구나 수천 번 왔다 갔다 할 동안 있으나 없으나 마찬가지가 된 너! 나무도 없는데 꽃이 피는 것처럼 너도 없는데 젖이 붇는 것처럼 눈앞이 모두 헛것이야 너에게 젖을 주고 자장가를 불러줄까 잘 자라 우리 아기 우리 아기 예쁜 아기 그런데 내가 잠이 오네 내 귀에만 들리는 자장가 소리 자장자장 지금 날 재우는 거니, 아가야 넌 누구니?

오, 어쩌면 좋아

뼈만 남은 사연이 함께 굴러 갈 동안
바퀴 따라가는 생은 모두 급하네
벼락같은 속도를 얻었으니
저게 모두 발자국이라면 내 발자국도 흔적 없을 터
차라리 눈발이거나 서릿발 같이
가볍거나 아득했으면 좋겠네

구부러진 노인이 오그라든 유모차를 밀며 가네
서둘러 당도할 곳이 있기나 한 것처럼
세상에서 가장 요란한 발걸음으로 지나가는데
가만 보니 소리만 있고 동작이 없네
고비마다 손발 떼어주고 오장육부 다 내주고
어느 밤중 깜박 잠들어 꿈인지 생시인지도 모르고
둘, 둘, 굴러 집 찾아가는 엄마들
똑같은 표정 똑같은 모습으로 지나가네

어쩌면 좋아, 아무렇지 않게 멀어져 가네
잡으려고 해도 손이 없는데
가볍고 아득한 이 온기는 어떻게 돌려주나
어둠은 지나간 모든 것들의 그림자

그저 스쳐가는 슬픔인 줄 알았는데
오, 오, 오, 오, 동그랗게 내가 굴러가네

기억의 재구성

무조건 네가 올라탔다
행선지를 묻지 않은 건 함께 가겠다는 뜻이다
다행이다
몸의 말씀이 더 간곡하여
말이 필요 없는 체위, 내가 온전히 너를 거두는 순간이다

강 이쪽에서 저쪽으로 하염없이 건너가는 물안개처럼
여자는 모성이라는 자동분사장치를 가졌다
서늘하고 담담한 관계를 덮는
그것이 뭔지
사랑은 오래 전에 잊은 거 같은데

살면서 내내, 이게 사랑인가 아닌가
반신반의 하는 동안 눈빛이 눈치로 바뀐다
적이 누군지 분명하지 않을 때
느는 것은 눈치뿐이다

불행해진 건 없지만 더 이상 행복하지도 않다는 것을
고백할 때
가장 먼저 질리는 게 몸 냄새다

평생 몸을 입고 간다는 말, 실감날 때쯤
비로소 보이는 반쪽짜리 얼굴들

우리는 돌아누울 수 없는 한 배가 되어
서로의 뒤를 잡기 위해 끊임없이 뒤집고 엎어지던
그래서 촌수조차 없는, 이 구구절절을

(……근친상간이라 말 할 수 있을까)

앉은뱅이 별

참 멀리서도 오는구나
바다 잠을 자려고 별똥별이 꼬리를 질질 끌며 온다
생은 연속이며 연장이다
가장 빛났던 순간을 뒤로하고
생각지도 못했던 미래를 막 통과하는 중인데

지하도는 앉은뱅이 성단이다
뭐라 말 할 수 없어도 그들은 서로 통한다
동물인형의 쫑긋한 표정이 봉지과자를 바라보고
숨결처럼 부드러운 팬티 브래지어가 눈길을 끌어도
그 바닥에서 가장 인기 있는 건
세상 모든 발자국을 본 뜬 구두다
제 발로 햇빛 찬란한 지상으로 걸어 나가고 싶은 걸까
사람들은 골똘하게 내려다보고
두 손으로 마구 휘저으며 짝을 찾아 헤맨다
미항공우주국에서 캄캄한 밤하늘을 이 잡듯 뒤져
아직도 남아있는 원시별을 찾아내는 것처럼

때 묻고 냄새나는 별 하나가 성단 모서리에 슬쩍 끼어
든다

오래전 잃었던 빛의 순간을 찾아보기나 하려는 듯
아련한 표정으로 쪼그리고 앉아 있는데
구두 끝이 다 헤어졌다
여기까지 오느라 긴 시간이 흘러 간 것 같다

울음

단숨에 밤하늘을 두 쪽 내고 튀어 오르는 울음이 있다
누워있던 골목까지 다 따라 솟구친다
몸속에 날선 칼이 있어야만 저렇게 울 수 있을게다
저 울음이 자유로울 동안 모두들 숨죽이고 있어야 한다
어둠도 목덜미 물린 채 꼼짝 못하고
자지러지게 울던 아이도 새파랗게 울던 삐삐주전자도
시도 때도 없이 울던 알람시계도 소리 내지 못한다
울어라 울어 실컷 울어, 고양이만 우는 게 아니다
너도 울고 나도 울지만
한 번도 곁을 주지 않는 울음에는 평생 주인이 없다

달아

— 연우에게

야간자습 마친 너를 태우고 오는 길은 사막 같더라 네 목소리는 모래바람 같았어 그 쉿소리를 감추기 위해 넌 더욱 말이 없어졌지 창에 기대고 잠이 든 줄 알았는데 엄마 저 달 좀 봐 참 예쁘다 했지 몇 번 고개를 기웃거렸지만 내게는 보이지 않더라 미리 알아야 했다 저 둥근 시간 안에 네가 들어가면 내가 나와야 한다는 걸 너는 금방 잠이 들었는지 딸아 부르니까 달이 눈앞에 나타나고 달아 하니까 네가 응 하고 졸음 섞인 대답을 한다 너를 깨우려고 딸아 딸아 부른다는 게 자꾸 달아 달아 한다 노란어리연꽃 솜털 같은 네가 안쓰러워 난 아직 이 안에서 머뭇거리고 있는데 음력 구월 보름달이 네 눈 속에 스민 밤이다 달아!

그 한마디만 없었더라면

버스정류장까지 신발이 나와 있다
집을 나와 골목을 벗어나 어딘가 가려는 모양이다
눈앞에 지평선이 사라진지 오래다
가슴이 답답하다
저 마지막 한 켤레는 어디다 감출 것인지

퇴근하고 돌아오면 대문 앞에서 심호흡을 했던 아버지
신발이 너무 많아 내빼고 싶었다는
그 한마디만 없었더라면 성공한 삶이었는데

감출 데가 품속 밖에는 없었을까
차라리 신발 던지기 놀이라도 할 걸 그랬지
지붕 위로 날아가 새 무덤이 되거나
더 높이 날아가 구름 신발이 되어 만년설을 향해
하염없이 걸어갔으면 좋았을 것을

오래 품고 있기만 했다
천장 위에 쥐들이 요란하게 몰려다니듯
기어이 신발이 발걸음 소리를 내고 싶어한다
좌심방 우심실에 문제가 생겼다

우리 집이 자주 정전되던 이유가 있었다

여기가 어딘지도 모르고

지렁이 몸에 파리 떼가 까맣게 붙어있다
명줄을 여기까지 끌고 왔다가
제 길을 다 거두어들이지 못하고 구불텅, 남겨 둔 거다
벌써 구더기 떼 기어나온다
구경난 듯 쪼그리고 앉아보다가
갑자기 내 몸이 구차해졌다
더 빨리, 더 멀리 달아나야겠다는 생각을 하지만
자꾸 꿈지럭거리며 미적대고 있다
소나기 한 줄기에 속아 여기까지 온 지렁이가 아니다
바닥에 깔린 수많은 미로를 간신히 빠져 나간 것인데
나는 아직 바닥에서 헤매고 있다
눈을 들어봐, 벌써 공중이야
더 이상 놀라움이 없는 세상 아니니
금방 나온 햇빛이 아무렇지 않게 거두어 가는 물기처럼
가기는 가지만 어딘지도 모르고 가는 길

비밀

지붕을 건너가고 싶었습니다 우리 집 비밀은 굴뚝을 통과해 까만 씨앗이 되었고 그걸 먹고 자란 새들이 다시 아궁이 속으로 떨어집니다 비스듬한 굴뚝 끝에 앉아 언 발을 녹이던 새에게 몸을 태워 길을 밝히라고 누가 말해 주었을까요 모래주머니에서 터져 나온 비밀이 다시 빨갛게 탈 동안 새는 가볍게 다른 세상으로 건너가고 있을 테지요

지붕 끝은 항상 위태로운데 이 허술한 사다리는 어디에 걸쳐 놓아야 할까요 추위가 시작되면 연탄재 위에 두 발을 가지런히 모으고 죽은 새처럼 평생 이 집을 벗어날 수 없다고 생각했지요 오랫동안 지붕이었던 아버지, 그 커다란 손에 들려진 내가 뜨거웠어요 밤새 불구덩이 속을 헤매며 숨이 턱에 걸렸을 때 마침내 새소리를 내며 울지는 않았나요

제생병원 이층에서 바라 본 우리 집 지붕은 생각보다 탄탄했습니다 새가 없는 지붕은 텅 빈 줄 알았는데 그 많던 새 발자국이 낡은 지붕을 꼭꼭 누르고 있었으니까요 불은 꺼지고 새벽잠 속으로 날리는 흰 재, 홍역이라니요 나는 또 다른 세상으로 건너가고 싶었을 뿐인데요

그늘

사막에 들어서면 제 몸이 그늘이 된다
그늘을 끌고 다니느라 개도 비쩍 말랐다
어미 그늘에는 새끼가 붙어있다
한 몸이 되어 있다
며칠이나 굶었는지 어미 젖꼭지는 말라 비틀어져 있는데
새끼는 젖을 물고 놓지 않는다

어미 개가 귀찮은 듯, 몇 번 자리를 옮겨보지만
그늘만 잠시 떨어졌다 붙었을 뿐
떨어질 수 없는 본체가 거기 있다고
새끼는 막무가내다
저 그늘에서 떨어지는 순간부터 발바닥이 뜨겁도록
혼자 가야 한다는 걸 벌써 알고 있는 듯 했다

눈사람

　오래전 눈보라 골짜기를 빠져 나와 여기까지 달려 온 눈발이었지 금방 사라지는 발자국 위에 또 발을 얹는 네 부질없음을 멈추게 하려고 그림자가 먼저 얼어붙은 거였어 품에 안아야만 뜨거워지는 심장을 가지고 없는 손 없는 발로 넌 무얼 할 수 있겠니 미친바람이라도 불어 주면 좋으련만 주저하고 머뭇거리다 평생을 보낸 사람처럼 눈 속에 서 있기만 했어 눈 녹듯 사라지는 생이니 상처가 없어서 얼마나 다행이냐고, 슬픔 따윈 처음부터 몰랐다는 표정이구나 점점 흐려지는 네 얼굴을 차마 볼 수 없을 때 넌 오래 전부터 내 이정표였다고 다정하게 속삭여줄게 천천히 주저앉는 네 몰락 앞에서 내가 왜 비틀거리는지 이상했지만 그래도 안녕

분홍미선

　물푸레나무 속에 분홍미선 있어요 미선…내 친구 이름 같은 그 나무 끝에 물 냄새, 바람 냄새가 분홍 단층을 쌓고 있어요 변산에서만 꽃 피우는 건 채석강 노을이 밀어 보내는 세상에 대한 미련 아닐까요 꽃은 시들어도 나무는 언제나 붉어요 점쟁이 딸 미선이, 요절은 꿈같은·일이라고 썼지만 손끝으로 접던 종이꽃처럼 앞날은 쉽게 찢어졌어요 내 기억 속에 짧고 눈부신 생애가 있다면 저 먼 곳에 있는 꽃나무 한 그루 때문일지 모르죠 꽃잎은 너무 쉽게 떨어져 해 지기 전에 변산에 닿아야 하는 것이 노을 때문이 아닌 걸 이제 알겠어요

그 날 저녁

가로등은 불빛을 던져두고 목을 빼 기다렸는데
강물은 너무 뜨거워 삼키지도 못하고
이리 불고 저리 부느라 세월없이 흔들리기만 했다
언제부터 강가에 서 있었는지
제 밥도 아닌 것을 물끄러미 바라보다
결국 이밥 저밥 가리지 않는 생이 되었다
강물은 한 번도 불빛을 덥석 문 적 없는데
넘길 수도 뱉을 수도 없는 낚시 바늘에 걸려 있는
뜨거운 밥줄

무엇을 기다리고 있었는지
목구멍이 찢어지고 난 뒤에야 알 수 있을까
하염없는 미끼인 줄로만 알았던 불빛이
애써 보여 주려 했던 건
강가에서 펄럭이는 무상급식 플래카드였다
아무 것도 아닌 낚싯밥에
그 날 강물은 몹시 출렁거렸다
강을 흔들어 대는 건 바람이지만
바람이 아니면 세상은 얼마나 지루했을까

꽃의 직전

할 일 없을 때 꽃이나 보려 했더니
아직도 꽃은 직전이라는
시시각각 전송되는 꽃 소식에 봄날은 간다
앞날을 맞추는 것보다 꽃 필 때를 맞추는 게 더 어렵겠다

결혼전날 안절부절 못하는 어린 신부처럼
꽃이 지금 머뭇거리고 있나보다
직전에서
발끝 오그라드는 건 너 나 할 것 없이 다 똑같을 텐데
눈앞이 까마득한 벼랑 끝이니 그럴 수밖에

직전에 별의별 핑계 다 대고 도망치는 건 사람뿐이다
뒤통수에 대고 한바탕 욕할 자신 없는데
할 일 없다고 꽃구경이나 갈 수 있을까

꽃은 활짝 피는 게 아니라 화들짝 핀 거다
눈 질끈 감고 몸을 던지는 순간
이미 심장은 멈춘 뒤다
그 꽃을 어떻게 볼 거냐고 차일피일 미루어 보는 거다

비탈에 서다

자동차가 눈길에 미끄러지기 시작했을 때
내 힘으로는 어쩔 수 없었다

사정없이 미끄러지다가 얽히고설킨 넝쿨에 걸렸다
별안간 막무가내 달려오는 무쇠덩어리를 비탈이 제 속
에 든 힘줄이란 힘줄은 다 끄집어내어 붙잡아 준 거다

길은 원래 길어서 지루한 것
그래서 생각지도 못했던 비탈로 쏟아지고 싶을 때도 있다

마침내 자동차 뒤를 급하게 따라오던 길이 끊겼다
간신히 비탈에 걸린 찢어진 바퀴는
한사코 제 뒤를 따라붙는 길을 그렇게라도 떼놓고 싶었
던 건데

말뚝을 벗어나려다 바짝 목줄 감긴 산비탈 흑염소처럼
속도 모르고 걷잡을 수 없는 속도에 가담하게 된 자동
차만 발이 묶였다
이런, 갈 때까지 가 보자더니 또 속았다

잘못 든 길이 오히려 빛나 보일 때 있으니

처음부터 다시 시작하라고

하얗게, 새하얗게, 길이란 길은 눈이 다 지워 버렸다

잡것

꽃이 피었는데 아무도 이름을 모른다
지나가는 동네 사람도
저 잡것! 한다
돌아서면 금방 잊어버리는 통성명보다
그냥 잡것이라는데 왜 이리 와 닿는지
밟아도 뭉개도
어김없이 한 평 반 정도
꽃 필 때만 보이는 저 꽃자리
간판 없는 성인용품 가게처럼
은근한 분홍빛이다
한 번도 자세히 들여다본 적 없으나
못 볼 것이 아니라 못 본척하고 싶은
우리들 속속들이
붙잡고 꽃 피우는 잡것, 벌써 통했다

습지에서

— 양헌을 보내고

하루도 채 끝나기 전에 감쪽같이
그는 자취를 감추고 말았는데
노랑어리연꽃은 오래 물위에 머물 모양이다
녹음이 물속에서 더 깊어질 동안
하나, 둘, 불 켜주려는 꼬마전구 같다
어쩌면 오래전부터 준비라도 한 건지
한 치 어긋남 없이 그는 떠나고
남은 자들은 몸 둘 바를 몰라 습지를 헤맨다
생전에 즐겨 썼던 '기막히다' 라는 말
다 나눠주고 갔는지
모두들 그 말만 되풀이 하고 있는데
기막힌 자연의 일부가 되려고
벌써 뿌리 내리나
점, 점, 노란 불빛이 그 주위를 맴돌고 있다

병이라면 병이어서

꽃은 어디서나 피고
세상에 참 많은 꽃병도 있지만 꽃의 수명을 연장시켜
주는
꽃병은 없다
속 다 보여주는
한줌 허리 꽃병도 꽃을 오래 살리는 재주는 없어서
그 속에서
얌전하게 시들어가는 꽃만 보여줄 뿐이다

연탄이
구멍마다 꽃을 꽂았다
한 접전에서 숨을 고르고 다시 맹렬하게 피어오르는
활활, 불꽃이다
그 다음 꽃병에서 그 다음 꽃병에게로
불길은
곧 不焘인 것을,
우리도 저 곳을 통과해 꽃 피운 적 있으나

꽃씨나 불씨처럼
나를 떠나 또 다른 나를 넘기는

오직 그것뿐,

다정도 병이라면 병이어서

꽃보다 먼저 시들어 버리는 꽃병은 처음 보았다

폭설

식구들 입이 점점 늘어난다
뭐든 한 방에 꺼진다
누가 한꺼번에
저 입을 다 막을 궁리를 오래전부터 했을 거다

백년 만에 만난 식구들
밥이라도 한 끼 먹는다는 게
밑 빠진 밥통을 채우는 일
모두 고단했지만 가족력은 깨끗하다

강아지 밥은 무미건조하고
꽃나무 물은 무색무취한데
이렇게 간단한 식사를 다 내팽개치고

언제부터 나를 먹이기 시작했는지
사라지고 사라져도
아무도 몰라, 그 전에는 무엇이었는지

입은 많아도 말이 없는 식구들
입만 벙긋하면 오래전에 먹었던 걸 다 토해 내겠지

폭식증 다음엔 거식증,
그렇게 백년이 또 지나 갈 테니

우는아기

비행기가 이륙하자마자 아기가 자지러지게 울기 시작한다 먼 나라로 입양 가는 아기 울음은 비명 같고 몸부림 같다 그것 밖에는 할 수 있는 게 아무 것도 없을 테다 그 울음 속에서 몇 번의 기류변화로 비행기가 흔들리고 안전 벨트 등이 켜졌다 꺼진다 아기 울음을 고스란히 받아 안느라 몇 시간째 통로를 서성이고 있는 양부모는 그래도 미소를 잃지 않는다 그 품이 태평양이다 한 번도 밟아보지 못한 모국은 어느새 까마득한 저쪽이고 본 적도 들은 적도 없는 넓디넓은 바다를 울음 하나로 건너는 아기, 점점 희미해지는 살 냄새를 잊지 않으려는 듯 잠시 잠든 동안에도 끊임없이 배냇짓을 한다 창 밖에 노을은 저리 붉은데 모두들 눈 감고 잠든 척 했으니 세상은 어쩌면 이렇게 천연덕스러울 수가 있을까

암호

성 루도비꼬 집에는 내가 모르는 방이 많다
쉽게 들어갈 수 없는 그들만의 세계
모두 자기만 알고 자기만 드나들 수 있는 암호를 가졌다

책상에 앉아 아무도 읽을 수 없는 글자만 쓰는 아이
창가에 앉아 아무도 모르는 오빠만 기다리는 아이
아무도 따라 부를 수 없는 노래만 부르는 아이
아무도 없는데 껄껄거리며 웃고만 있는 아이
아무도 모르는 구석을 찾아다니며 숨기에 바쁜 아이

그들을 따라다녔지만 아무도 나를 끼워주지 않는다
뭐지, 그게 뭔데
물을 때마다 나를 한심하게 쳐다만 볼 뿐

하루 종일 그들 꽁무니만 따라다니다 보니
내게도 암호가 생긴 듯하다
아무도 모르는 세계를 지나가는 사람, 내가 낯설어질
때다

가장 긴 그림자

완도 수목원이 연둣빛에 젖어 있을 때
한 가족이 그 속에서 사진을 찍는다
곱사등이 남편은 가장 높은 바위 위에 서고
어린 아들 둘을 나란히 앞에 세운 부끄럼 많은 아내는
남편보다 키가 좀 더 작아지려고 자꾸 바닥으로 내려간다

문 닫을 시간이라고 음악은 흘러나오는데
가족사진 한 장을 기어이 찍겠다고
그는 가족을 끌고 이리 서 보고 저리 서보며
한번만 더, 한번만 더,
자꾸 빠져 나가려는 아이들을 달랜다

그들이 키를 고르고 있는 동안
연둣빛이 밀려 내려와 그 틈을 다 메운다
꽃들도 저렇게 핀다고 했다
큰 꽃과 작은 꽃이 앞서거니 뒤서거니
키를 고르며, 살짝 비껴나 주기도 하면서

한 가족이 서둘러 수목원을 빠져나가는데
늦은 햇살이 등 뒤에 손을 얹어 준 건지

그가 평평하게 길어졌다 마치 날개를 내려놓은 듯
양 옆으로 활짝 펼쳐진 그림자 속으로
아이들이 팔랑거리며 뛰어가고 있다

이상한 기억

도쿄 오츠카 전차역에 내리니 기다린 듯 흰 나비가 날아온다 이제야 전차에서 내리다니, 할머니와 함께 외갓집에 가기 위해 전차를 탔는데 한 무리의 시위대가 소리를 지르며 지나갔고 어디선가 돌이 사정없이 날아와 유리창이 깨지고 뜨거운 피가 이마를 타고 내렸다

그때는 바람이 거칠던 시절이었나 못물이 잠들지 못하도록 바람이 종일 버드나무 머리채를 쥐고 흔들었다 못가에서 빨래하던 여자들 몸에선 비린 쇠 냄새가 났고 난데없이 진흙구덩이에 발목이 잡힐 때도 있었다 못을 몇 개나 지나왔는데 외갓집은 끝내 보이지 않았다 그때부터 나는 지나가는 모든 것들의 숫자를 세는 버릇이 생겼다

이상하다 나비마중이라니
그 해 봄 나비가 되셨나, 할머니
붉은 노을 속에 흰 무명 치마저고리 같은 소색나비
할머니가 내 손을 놓친 게 아니라 내가 할머니를 버리고 온 건 아닐까

뜨거운 국에 오래 담가 둔 숟가락처럼

부음을 받아든 부모 곁에서
죽음에도 무게가 있다는 걸 알게 되었다
문제는 촌수였다
강변에는 도라지꽃이 밀주처럼 자욱했고
숨겨야 할 술 냄새는 더 멀리 새어나가고
꽃상여가 산을 올라가는 동안
누군가 벌에 쏘였고 누군가 울다 쓰러졌고
누군가 꺼먼 털이 숭숭 박힌 돼지고기를 썰고 있었다
나는 그냥 구경만 하고 있었는데

그때나 지금이나
죽음은 시시콜콜했던 생을 한꺼번에 다 덮는 힘이 있다
죽고 나면 그 모든 게 아무 것도 아닌 게 되는
그 많던 죽음이 촌수처럼 점점 멀어져 가도
뜨거운 국에 오래 담가 둔 숟가락처럼
저마다 간직한 온기가 있다
살아 있기에, 살아야 하기에
삶과 죽음 사이가 수평 유지되는 이 순간
내 무게 중심에는 늘 숟가락 한 개가 있다

말이 뛴다

예쁘다는 말을 입에 달고 사는 그는 분명 늙었거나 늙
어가는 중이다

암뽕 섞은 수육 한 접시 보고 이것 참 예쁘다
어항 너머 여자 둘 금붕어 빨간 입술로 재잘거릴 때 저
것 참 예쁘다
말이 이곳 저곳 뛰어 다닌다
그럴 땐 눈빛이 펄펄 살아있다
눈여겨보지 않는 게 없으니 그 눈에 모두 예쁠 수밖에

목욕탕 앞 노인 몇 명, 할 일없이 앉았다가 방금 나온 여
자 훈김에 그만 온 몸이 따뜻해져서 주름진 습자지가 펴
득펴득 펴진다
어디나 주름 없애는 데는 물다림질만 한 게 없다고 농
까지 던지며 희희낙락하며

살아 있는 말은 천지를 다 뛰어다닌다
이귀 저귀
몇 사람을 지나쳐
골대 맞고 튀어나오는 공처럼 안 하는 게 더 나은 말도

있어서 그는 어느새 거두절미하고, 예쁘다

저 햇살!

눈치

뒷골목에서 한쪽 다리 없는 개를 만났다
빈자리가 커 보였으나
개는 전혀 휘청거리지 않았다
비닐봉지를 물고 급하게 온 걸 보니
폭설과 한파로 며칠은 굶은 듯 했다
나도 한 끼를 때울 작정으로 그 골목에 갔으니
우리는 밥 때문에 마주친 것이다
눈치 빠른 개가 으르렁거렸지만
어쩔 수 없었다
비좁은 골목의 중간쯤이란
주머니에 찔러 넣은 손바닥처럼 쉽게 뒤집을 수 없어서
어중간하게 서 있는데
개가 먼저 달려 나갔다
마치 갈 데가 생각난 듯 달려가지만
밥을 두고 가는 뒷모습은 몹시 휘청거렸다
어떻게 알고
뒷골목에서 제일 맛있는 햇빛이
아직도 밥을 떠나지 못하는 내 그림자 위로
셀 수도 없이 많은 개의 다리를 그려주고 있었다

젖어든다

앞집 새댁이 몸 풀자
동네가 날아갈 듯 가벼워졌다
아기를 재워놓고 그 틈에 와 수다 떨다가
젖이 돈다고, 아기가 깼을 거라고
한 걸음에 달려간다
하늘색 원피스에 구름 번진다
저릿하게 몸이 젖어드는
어떤 잡음도 끼어 들 틈이 없는 완벽한 일치다
자동으로 주파수가 맞춰져 있는 거다

우리 동네는 지금 수유 중이다
뿌리에서부터 올라온 젖을 먹이느라
아른아른 실핏줄 돋아나는 젖통은 한껏 부푼다
먹어도 먹어도 금방 고여 출출 넘치는 수액으로
젖나무 새순은 숨이 가쁘다
조그만 입에 젖을 밀어 넣던 그 순간이 다시 와
온 몸 젖어드는데
젖나무 아래, 한 세상이 두근거리는 봄날이다

뱀

서벽리 숲에서 뱀을 만났다
서로 갈 길이 다른 데 왜 마주친 것일까
금강송 보호구역이라
소나무 가지가 부러져 땅에 떨어진 줄 알고
가을 햇살이 눈부신 비늘을 달아준 줄 알고
마음 놓고 걷던 샛길이었다
서로 흠칫했으나
뱀이 먼저 스며들기 시작했다
머리는 벌써 사라졌는데
다급해진 꼬리가 몸통을 따라가기 위해
죽기 살기로 흔들렸다
어디로 가려는가 꼬리여,
뱀은 벌써 너를 버리고 사라졌다

꼬리를 감추기에만 급급한 생이
어디 너 뿐이겠느냐
피할 수 없는 길
기어코 따라가느라 나는 아예 꼬리가 없다
그때서야
한 숨을 내 쉬었는지

수 천 개 붉은 가지가 모두 꿈틀거렸다
벌써 그림자가 땅속으로 스며들기 시작했다

울음그물

울음도 저리 쌓아 두면 쓰일 데가 있을까
방충망에 붙어있던 매미 한 마리가 길게 울기 시작한다
그게 무슨 신호였나
와자하게 몰려드는 떼울음
사방팔방 쳐 놓은 울음그물이 점점 더 촘촘해진다

고가 크레인에 아슬아슬하게 올라서서
허공에 삿대질을 하며
뭐라고, 뭐라고, 고함을 치던 그 남자
오래 잊고 있었는데 그것도 울음이었다

어디나 품은 있게 마련이어서
울음은 울음 속에 묻을 수밖에 없다
온통 울음으로 세상천지가 먹먹해지는 동안
나도 지금 울음을 견디는 중이다

아차, 삐끗하고
헛발이라도 짚으면 가볍게 받아 안아 줄 것처럼
어깨동무를 하고 열을 지어
무슨 일이 있어도 풀리지 않는 울음그물을 짜 두었으니

자, 이제 뛰어 내릴래 울음아!

검은빛 당신

철거 앞 둔 동네는 앙상하기만 하다 수 십 가지 표정이
다 사라진 뼈만 남은 얼굴이다 저걸 감추기 위해 집집마
다 꽃은 만발했고 음식냄새를 풍겼을 거다 썩으면 마찬가
지가 되는 그 모든 것들이 한데 어울려 살아오느라 겪었
을 밤낮의 우여곡절 모두 사라지고 줄장미 넝쿨만 남아
사방팔방 손 벌리는 거지 손 같다 꽃 피우지 마라 제발, 햇
빛 한 점 떨어지지 않는 네 귓속이다

어떤 집은 마당에 새장이 있었는데…그리고 또 어떤 집
은? 기억만으로 이 텅 빈 동네를 채워 줄 순 없다 고물상
도 뜯어가지 않은 세간살이 자국들만 남아 온기도 없이
몸 맞대고 있는데 우리를 이곳에 붙들어 둔 건 무엇이었
을까 불빛 환한 기차가 부리나케 달려간다 확, 밝아졌다
순식간에 캄캄해지는 저 얼굴 속으로 이제는 아무 것도
없는 검은 빛, 당신의 어둠이 지나가고 있다

발

오래 병중에 있던 발 한쪽이 이불밖에 나와 있다
물 한 모금 넘기지 못하는 몸은
그 발을 끌고 들어가지 못한다
신발은 벗은 지 오랜데
온 힘 다해 뛰어 넘어야 할 문턱이 앞에 놓인 듯
숨소리만 가쁘고
한 발짝도 더 나아가지 못한다

쓰다듬고 달래어 돌려보내야 하는 길이 있다니,
그 길이 어딘지 알면서도
평생 엇길로 가던 발이 마지못해 따라간다
발걸음 소리는 신발이 내는 소리였나
맨발로 가는 길은 고요하기만 한데

천수경을 따라 온
병아리蘭이 빼족하게 발끝을 내민다
울지 마라
지금 생면부지의 영혼들이 몸 바꾸는 중이다
가장 먼저 벗어 둔 신발 한 켤레,
저 노란 발이 벌써 신고 어디론가 걸어 갈 모양이다

그곳 간판

그 앞에서 몇 번이나 속도위반에 걸렸다
그래서 숙천반점 간판을 못 보고 온 날은 불안하다
며칠 후면 어김없이 과태료 통지서가 날아오기 때문이다

은혜건강원 간판은 멀리서도 잘 보이는데
숙천반점 간판은 잠시 딴 생각하면 지나쳐 버린다
세상에서 그렇게 작은 반점은 본 적도 없고
문짝마다 붉게 쓰인 양념닭 찜닭 튀김닭을 먹으려고
그 문을 열고 들어가는 사람도 본 적이 없다

자장면이 없는 숙천반점은
물 흐르지 않는 금호강과 비슷하다
사람들이 그 앞에서 무조건 달리는 것은
커브에서 직선으로 넓어진 도로 탓이 아니다
복사꽃 분홍 비탈이 없어진지 오래된, 그곳에선
아무도 한 눈을 팔지 않는다

어느 날 과속 감시카메라가 없어졌다
다시 속도를 되찾았으니
내게는 숙천반점이 없어진 거나 마찬가진데

그렇게 보이지 않던 간판이 이상하게 눈에 잘 띈다

그 간판이 나보다 먼저 속도를 버린 까닭이다

오리들

못에 사는 오리들은 종일 물위에서 논다
똑같이 모자를 눌러쓴 노인들은 종일 오리보고 논다
병꽃나무는 누군가 차례로 줄 세워 둔 것 같은데
어째서 흐트러질 생각도 안하고 저리도 가지런할까
앞 물결 뒤로 밀어내는 오리발이 빨갛다
못물이 아니라 무거운 하늘을 밀어내며 갈 동안
허둥지둥, 따라가는 긴 세월 한 줄
어두워지면 못은 저 모든 것 다 버리고 마는데
버려질 걸 알면서도 다시 와 있는, 물그림자들

하지

그가 전화를 받는다
낮술 한 잔에 흥이 난 노모가 노래를 부른다고 한다
웅얼웅얼, 새어나오는 노랫가락이 여기까지 올 동안
햇볕이 따라 왔나
저 밖, 아직 환하다
벌써 끊어진 탯줄 끝에 가 닿으려는
최초의 자세이듯 웅크리며 귀 기우리며
휴대전화기에 바싹 귀를 대고 있는 그 표정이 간절하다
백수가 눈앞인 노모의 길고 긴 노래는
끊어질 기미가 없고
모른 척, 늙은 아들은 손장단만 친다

해가 길다
한 여자가 남은 힘쓰며 걸어가는 게 보인다
느린 걸음이라 재촉하지 마라
저 자리가 원래 그렇다
머뭇대다가 뜸들이다가 오래 은은하다가
툭, 떨어지고 나면
아무리 박수치고 발을 굴러도 불러낼 수 없다
저 노래가 끝나면

남은 건 우리 뒷자리 뿐,
눈시울만 붉게 번지다 쓸쓸하게 어두워질 테니

마리에서

마리에서 일박을 했다
덕유산 한 자락을 들었다 놓았다
저녁 내내 불 피워 고기 구워 먹고
밤새 횃불 들고 강물 뒤져 물고기를 잡았다
저지레가 심했다
그날 달이 없는 밤이어서
천둥 같은 물소리가 무섭긴 했지만
부끄러울 줄은 몰랐다
반딧불이 다슬기로 한 생을 난다는데
불빛 한 점 지니지 못했으면서
그래도 된다는 생각
어쩌자고 했을까
촌집 담 밑에 열두시꽃 피었다
정오다
그만 나가라는 뜻이다
돌아보니 마리는 그대로 있는데
상한 건 우리뿐이었으니
자연스럽다는 말, 그건 우리 것이 아니었다

사랑한다는 그 말

우리 동네엔 술집이 너무 많아서
한 밤중에 취객이 고함을 지르며 지나가기도 한다
사랑한다 사랑해
하고 싶어도 하지 못한 말
남의 집 창가에 던져버리고 가는 사람도 있다
비틀거리는 발걸음 지나 간 지 한참 되었는데
무슨 뜨거운 것을 받아 쥔 사람처럼
혼자 잠 못 드는 밤
멀리서 가까이서 개 짖는 소리 곧 잠잠해지는데
사랑은 왜 이렇게 식지도 않나
내일 아침 눈뜨면
밤새 무엇을 잃어버리고 온 지도 모르고
그는 살아 갈 것인데
무심히 깃털 하나를 떨어뜨리고 간 새처럼
자기도 모르게 조금 가벼워졌을까
사랑은 이렇게 느닷없이 오는 것
아무 것도 아니라고 생각하지만
결코 아무 것도 아닐 수 없는 사랑한다는 그 말,
남의 것도 내 것 같아서 안절부절 못하고 있는 거다

슬픔이라는 것

악취가 어디서 나는지 몰랐다 낡은 집은 무엇이든 감추고 끌어안아서 제 몸에 깃든 것들 쉽게 내 놓지 않았다 급기야 장마가 시작되고 틈마다 끼여 썩어가던 것들이 불을 대로 불어 도저히 그 틈을 견디지 못할 때쯤 빠져나왔다 빗물에 휩쓸려 체념한 듯 하수도를 향해 급물살을 타고 가는 것들 이미 건질 것 하나 없이 다 떠나보내야 하는 지난날처럼 미련 없었는데

그때 보았다 분홍빛 새끼 돼지만큼 퉁퉁 불은 쥐 한 마리 장독 틈에 끼여 쉽게 빠져 나오지 못하는 것을, 그때는 몰랐는데 세월 지나보니 알겠다 슬픔이란 이런 거다 말해주는 것처럼 이미 오래전에 죽었는데 너무 커져 버려 빠져 나오지도 못하고 멈칫대는 저!

눈물의 양만큼 슬픔을 몰아낼 수 있다는 걸 어느 해 장마 때 보았다

다시, 천사의 도시

언제부턴가 이 도시에 천사가 흔해졌다
윙, 윙, 바람 부는 곳이면 어디나 날개가 있다

공사장 입구에서 하루 종일 팔을 들고 내리는 저 남자
선글라스를 끼고 노란 안전모를 썼지만
허수아비다
아프도록 흔드는 저 깃발도,
그도 바람 속에 있는데

천사는 도시를 위한 용병이다
날개가 무기다
창도 되고 방패도 되는
우리 안에 천사, 엔제리너스 커피
그곳에 가면 날개를 한 장씩 얻어 오지만

우리가 다시 날 수 있을까
차라리 허수아비 저 남자 손에
깃발 대신 날개 달린 커피 잔을 쥐어 주고 싶다
하루 종일 바람 속에 있다 자기도 모르게
윙, 윙, 공중으로 날아가도록

천사는 제 자리로 그렇게 돌아가는 것
불어라 봄바람, 우리 안에 너무 많은 천사가 있다

어떤 싸움

비 그친 광장 한 복판에서 남녀가 싸움을 하고 있었다

어딜 가던 중이었는지
예쁘게 차려입은 여자는 급기야 악을 쓰며 물기 있는
바닥에 드러눕고 말았고
남자는 쥐고 있던 긴 우산으로 여자를 꾹꾹 찔러대며
욕을 하고 있었다

농구를 하던 아이들이 한 겹
때 마침 지나가던 사람들이 또 한 겹, 근처에 있던 노점
상인까지
몇 겹의 구경꾼들이 둘러서 있었는데

이 무대를 위해
오래 연습이라도 해 온 것처럼 그들은 최선을 다해 생
생하게 싸우고 있었다

그저 연기였다면, 좋았을 텐데
어둠과 불빛이 뒤섞인 광장에서 땀에 젖은 얼굴과 눈물
에 젖은 얼굴이 동시에 빛나고 있어서

차마 끝까지 볼 수가 없었다

싸움이 끝나면 기립박수라도 쳐 줄 것 같이 모두들 흥
미진진하게 보고 있었는데

내 뒤를 따라오던 울음 섞인 목소리, 같이 가ㅡ아, 같이
가잔 말이야

먹구름이 다시 비를 몰고 왔고

목 놓아 울고 있던 여자처럼 자귀나무 분홍꽃잎이 빗물
에 떨어지고 있었다

얇은 꽃무늬 원피스가 젖고 있었다

아이가 무릎에 얼굴을 묻고 있다

채송화가 부서진 화분 밖으로 기어 나오고 오래된 골목 냄새가 코를 찌른다 고층 아파트가 전기 끊긴 집에 달빛마저 끊는다고, 붉은 욕창처럼 문드러진 비닐장판에 누운 잠 다시는 깨지 않기를 바라는 서러운 잠이라고, 재개발 때문에 떠나야 하는 사람들 이야기가 조간신문 두 면에 가득하다

아니나 다를까, 창구멍 숨구멍도 없이 반지하방 쪼들리는 햇빛에 겨우 키가 크는 애들이 활개치고 놀던 골목에서 한 아이가 무릎에 얼굴을 묻고 있다 햇빛은 멀고 얼마나 걸어 나가야 이 골목을 빠져 나갈 수 있느냐고, 기어 나오다 기어 나오다 어느 날 멈춰 버린 키 작은 채송화처럼 아무리 들여다보아도 얼굴이 보이지 않는다

어둠은 너무 맑아서

밤 열시가 넘어서야 겨우 풀려 난
고등학생 아이들이 버스를 기다리고 있다
하루 종일 구부리고 있던 몸 털고 나오면
밤은 또 얼마나 낯설까
바람에 시달리던 나뭇잎이
뭔 일이라도 낼 것처럼 몸부림치더니
손끝하나 까딱할 힘없다는 듯 그저 잠잠하다
저 먼 곳에서 무엇이 오나, 모두 한 방향으로
바라보는 눈빛 차라리 흙탕물이었으면
어둠은 너무 맑아서
보지 말았으면 하는 것까지 다 보여주는 밤

은점

은점에 가면 은점여자 되고 싶었다
술도 담고 술맛도 보며
밥 한 상에 온갖 풍상을 섞어 내지만
하는 일이라곤 바다만 쳐다보는
바닷가여자 되고 싶었다
은점은 쉽게 돌아올 수 없는 곳
파도의 속주머니 같기도 하고
아지랑이 같기도 해
마음만 잠시 스치다 와야 하는데
바다가 싫다 돌아앉은 베트남 여자 등 뒤로
억장 무너지는 봄바다를 보고 말았다
다시 돌아가고 싶다면
바다와 눈 맞추지 마라 헤어날 길 없다
횟집 뒷문에 기대 울고 있는 그녀
눈물은 자주 봄빛에 이끌려 나오지만
일찍 나온 제비꽃처럼
아직도 입술은 새파랗게 질려 있다
저 끊임없이 밀려오는 그리움 때문에
은점에 가면 은점여자는 없다

11월

달려가는 차 앞으로 나뭇잎이 와르르 쏟아진다
한 대 맞은 것도 아닌데 얼얼하다
무슨 내색을 저리 하는지
떼로 몰려다니며 도로를 점거하고 난동을 부려도
아무도 다치지 않는다 최루탄 가스도 없다
평생 바람 속이었으니
가볍게 사라질 줄 알았는데
아직도 곳곳에 몸부림이 남아 있다

저 세월이 다시 오면
그때는 뺨이라도 내밀어 줄까, 헐벗은 나무 아래서
아무 것도 할 수 없어 미안하다고

잊을 건 잊어야지

노인요양원 치매센터에
모든 걸 다 잊은 몸들이
오직 하루 세 끼 챙기는 힘으로 버티고 있다
꼬박 꼬박 꼬박
악착같은 허기가 그들을 놓지 않는다

거처란
밥을 해결하는 곳, 그곳이 바로 절명지 아닐까
처음부터 우리는 허기의 먹이였으니
머리부터 차례로 들이밀며
온 몸 고스란히 그 입 속에 갖다 바치느라
평생 먹는 일이 최선이었다

무엇을 먹는지 무엇에 먹히는지
고통도 없이
서로가 서로를 잊어버린 사마귀처럼
아내 얼굴도 남편 얼굴도 까마득히 잊은 채
끄덕 끄덕 끄덕
말없이 밥만 떠 넣는 저 무표정
덩그러니 남은 몸은 허기의 부표 같다

농담

  한 마디로 뻥, 이라고 말해둘까요 구멍에 대해 문제제
기를 했고 구멍史를 검토했으며 구멍의 방향에 대해 논지
를 펼쳤으나 정작 자신의 구멍에 대해서는 함구했던 사람
들, 그들의 결론은 구멍마개죠

  구멍은 끝없는 의심이며 건드리면 큰일 나는 불화 같은
것이므로 구멍에 대한 소문만 무성하다 마침내 밑도 끝도
없어졌지요 그 속으로 도시의 빌딩이 자동차가 몇 구간의
가로등과 보도블록에 찍힌 수많은 발자국이 감쪽같이 사
라졌는데

  우리 사랑은 계속 될 수 있을까요
  나는 나팔 모양으로 손을 오므려 터널을 만들었죠
  좀 더 오래가는
  당신이라는 검은 구멍을 하나 더 만든 것인데
  번개와 천둥이 동시에 치고
  어떤 급급함으로 쏟아지는 빗줄기처럼
  흘러넘쳐 사라질 구멍에 구멍을 덧대는 슬픈 일이죠

안개주의자

물가의 길들은 연약지반 구간이 많다
눈물이 많은 사람이 속이 무른 것처럼, 그 옆에서는
항상 속도를 줄여야 한다

안개는 침묵속의 양떼,
조심스럽게 지나가야 한다
흐려지는 입김 속에서도 착하게 살아야겠다는
포도당 같은 믿음으로
어느새 나는 소심한 안개주의자가 되었는데

안개도 모르면서
안개와 통하다니, 누구에게 한 다발 안길 수도 없고
모른 척 달려가기엔 너무 위험한
네 속에서 오래 막막했으나
네 속을 벗어나도 막막하긴 마찬가질 거다

흰 양이 검은 양을 낳을 때도 있다
그래도 어쩌겠는가
나는 다만 지나가는 사람, 눈물 짓무르는 가장자리를
조심스럽게 밟고 지나가야 한다

사랑

마흔에 혼자된 친구는 목동에 산다
전화할 때마다 교회 간다고 해서
연애나 하지, 낄낄거리며 농담을 주고받다가
목소리에 묻어나는 생기를 느끼며
아, 사랑하고 있구나 짐작만 했다
전어를 떼로 먹어도 우리 더 이상 반짝이지 않고
단풍잎 아무리 떨어져도 얼굴 붉어지지 않는데
그 먼 곳에 있는 너를 어떻게 알고 찾아 갔으니

사랑은 참, 눈도 밝다

환등기

1

벚꽃 아래 서면 없는 죄도 불고 싶다 고문하지 않아도
술술 불고 싶다 나는 혁명도 모르고 태어난 혁명베이비
아버지는 좌천되고 어머니는 젖이 말랐고 그 해 홍수로
집이 침수 됐다 한강까지 떠내려간 흉흉한 소문이 역류해
온 밤, 식구들 발을 한데 묶어놓고 뜬눈으로 밤을 새운 젊
은 가장은 그 밤에 머리가 하얗게 세고 말았다

2

미군부대 원조분유로 젖배를 채웠으니 당연히 미제라
면 환장했고 너무 일찍 연애에 몰두했다 꽃놀이 갔을 때
발목을 접질렀고 절뚝거리며 다닐 동안 처음으로 세상이
위태로워 보였다 꽃무늬 양산이 어지럽게 뱅뱅 돌 듯 유
언비어는 난무했고 봄꽃은 사정없이 우리에게 난사되었
다 더러는 그 꽃에 맞아 죽고 더러는 잘도 피해 왔지만 해
마다 오는 봄은 피할 수 없었다

3

봄이 되면 우리 모두 죽는 시늉을 해야 한다 혁명은 늘
뒤에 가서 이름을 얻는 법이다 혁명의 와중에 꽃구경이나

갔던 청춘의 한 때, 비겁한 이력을 묻을 곳 둘러보니 벚나무뿐이다 펑, 펑, 터지는 꽃들의 혁명, 그렇게 산화하는 거라고 모두들 벚나무에 기대어 한 방의 총성이 울릴 때까지 움직이지 않고 숨을 멈춘다 하나, 둘, 셋, 찰칵!...한 장 사진 속에 남는 봄날이다 지독한 幻의 기록이다

존재의 환유적 연쇄, '건너가기'의 윤리

권채린(문학평론가)

1

> 누구는 상처를 꽃으로 읽지만
> 나는 벌써 꽃이 상처로 보인다.
>
> ─「자줏빛 紫」

일견 평범해 보이는 이 시적 진술은 박소유의 시집에
다가가기 위한 주요한 열쇠 말이 되어준다. '상처를 꽃으
로 읽는 자'와 '꽃에서 상처를 보는 자'는 어떻게 다른가.
전자에서 중요한 것은 삶과 존재의 세목을 기호화하는 시
인의 미학적 시선이다. 균질화와 상징화의 문턱을 거쳐
존재(상처)는 빼어난 이미지와 형상(꽃)으로 구축된다.
수직적 시선의 이끌림 속에서 존재는 새로운 차원으로 고

양되지만, 기호화될 수 없는 삶의 불균질적 형질과 존재의 이질성들이 누락되거나 왜곡되는 현상은 불가피하다. 이에 비해 후자에서 우선적인 것은 미적 정렬의 감각 대신, 존재의 세부와 실제적 국면을 성실하게 탐사하는 눈이다. '꽃'은 최초의 발화점으로 작용할 뿐 시인의 시선은 이내 그것과 맞닿은 상처의 구체적이고 감각적인 실재를 찾아 끊임없이 편력하고 주유(周遊)한다. 미리 의도된 시인의 심적 기호로 환원하거나 단일한 상징으로 수렴하지 않는, 유동하는 원심력의 운동 속에서 시인은 개별자들 간의 모종의 관계망을 구성한다.

시와 세계가 만나는 이러한 두 양상을 각각 은유적 상상력과 환유적 상상력으로 대별한다면, 박소유 시의 요체는 뚜렷하게 환유적 방법론에 치우쳐 있다. 존재는 무엇혹은 누군가와 늘 겹쳐지거나 연결된다. 시인은 삶의 아주 작은 기미조차도 그냥 흘려버리지 않는 염결적인 시선으로 '연결'과 '중첩'의 세계를 구조화한다. '분홍미선'의 붉음과 '점쟁이 딸 미선'의 짧고 눈부신 생애가(「분홍미선」), '흘러간 노래'와 '엄마의 늙음'이(「흘러간 노래」), 할머니의 죽음과 '바람이 거칠던 시절'의 암울함이 (「이상한 기억」)이 잇대어지는 장면 속에서 삶의 윤곽과 세계의 본질은 새롭게 환기된다. 그곳에는 대개 누군가의 상처와 울음, 죽음과 늙음이 포개어져 있다. 그 환유적 연쇄들을 따라 가다보면 어느새 '나'는 죽음과 삶의 경계를 넘고, 세월의 흐름을 역진하거나, 존재 사이의 견고한 구분을 지우면서 세계 전체를 만나게 된다. 그러므로 박소유 시에서 환유적 상상력은 비단 시를 추동시키는 기법의 문제거나 사유의 패턴이 아니라, 세계의 진실과 통하며 삶의 윤리와 맞닿아 있다.

2

박소유의 시는 어디론가 끊임없이 '건너가려는' 자들의 발화이다. 삶의 동심원적 구조의 외곽을 향해, 다른 생과 다른 세계, 무수한 타자들이 거주하는 "검은 구멍"(「농담」)을 향해 촉수를 뻗는 이상(異常) 욕망의 관성이 이들을 지배한다. 그것은 필연적으로 안정된 삶의 중핵에 대한 각성과 긴장에 의해 가능할 수 있다. 때문에 박소유의 시는 구체적 경험과 생활 감정을 기반으로 정감 있는 일상적 세계를 선보이다가도, 때로는 서늘하고 낯선 욕망의 맨얼굴을 처연히 드러내기도 한다. 예컨대 '가족'을 사유하는 시들에서 이러한 경향은 도드라진다.

지붕을 건너가고 싶었습니다 우리 집 비밀은 굴뚝을 통과해 까만 씨앗이 되었고 그걸 먹고 자란 새들이 다시 아궁이 속으로 떨어집니다 비스듬한 굴뚝 끝에 앉아 언 발을 녹이던 새에게 몸을 태워 길을 밝히라고 누가 말해 주었을까요 모래주머니에서 터져 나온 비밀이 다시 빨갛게 탈 동안 새는 가볍게 다른 세상으로 건너가고 있을 테지요 지붕 끝은 항상 위태로운데 이 허술한 사다리는 어디에 걸쳐 놓아야 할까요 추위가 시작되면 연탄재 위에 두 발을 가지런히 모으고 죽은 새처럼 평생 이 집을 벗어날 수 없다고 생각했지요 오랫동안 지붕이었던 아버지, 그 커다란 손에 들려진 내가 뜨거웠어요 밤새 불구덩이 속을 헤매며 숨이 턱에 걸렸을 때 마침내 새소리를 내며 울지는 않았나요

제생병원 이층에서 바라 본 우리 집 지붕은 생각보다 탄탄했습니다 새가 없는 지붕은 텅 빈 줄 알았는데 그 많던 새 발자국이 낡은 지붕을 꾹꾹 누르고 있었으니까요 불은 꺼지고 새벽잠 속으로 날리는 흰 재, 홍역이라니요 나는 또 다른 세상으로 건너가고 싶었을 뿐인데요

— 「비밀」 전문

"건너가고 싶"은 욕망의 첫 관문은 '집'이다. 화자는 위태로운 지붕의 끝에서 "허술한 사다리"를 놓아서라도 집의 울타리를 넘어가려 하지만, 집은 그러한 욕망을 허락지 않는 감금과 봉쇄의 장소이다. 건너가려는 욕망은 '비밀'로 봉인되어 지붕 아래 억눌려 파열되기 직전이다. 그것은 기어코 굴뚝을 향해 상승하지만 생명을 담보해야만 하는 치명적인 죽음의 결정체가 되어 다시 하강하기를 반복한다. 자기 몸을 태워야 길을 밝힐 수 있는 새와, '아버지'의 커다란 손에 들려 밤새 불구덩이 속을 헤매는 '나'의 모습이 겹쳐지면서, 억압적 질서를 강요하는 가정이라는 틀과 그것을 벗어나려는 개인의 필사적 욕망이 그로테

스크하게 재현되어 있다.

　일종의 음화로서 놓여 진 가족 풍경은 화법의 차이는 있을지언정 여러 시편들 속에 반복적이고 구체적으로 제시된다. "밑 빠진 밥통을 채우"는 데서 나아가 "나를 먹이기 시작"하고 급기야 "사라지고 사라져"야 하는 고단한 가사일(「폭설」)과, 아이를 키워내는 "어둠의 배역"을 감당하는 데서 오는 자기 상실(「어두워서 좋은 지금」), "눈빛이 눈치로 바뀌"고 "몸 냄새"에 질리는 부부 관계의 "서늘하고 담담한" 국면(「기억의 재구성」)에 이르기까지 시인은 때론 냉소적이고 때로는 진솔하게 가족이란 이름의 모자이크를 완성한다.

　그러나 가족을 말하는 시인의 발화는 결코 '가족' 자체를 겨냥하지 않는다. 다시 환기하자면, 가족이란 '건너가기' 위해 거치는 관문일 뿐이다. 가족이 문제시되는 것은 그것이 개인을 옭죄는 부조리한 제도이고 체제이기 때문이 아니라 밖을 향한 필사적인 욕망을 가로막는 강력한 구심력의 공간이기 때문이다. 즉 가족은 '나'의 외부가 아니라 '나'의 동일자이며 확장체이다. 가족이 못내 힘겨운 것은 바로 '나'와 등가적인 그 거대한 메커니즘으로부터 개인이 완전히 자유로울 수 없기 때문이다. 엄밀히 말해 시인은 제도를 환기할 때에도 늘 '개인'의 사정에 집중한다. 위 시에서 견고한 꼭지점으로 드러난 '아버지' 조차 실은 "신발이 너무 많아 내빼고 싶었"던 존재(「그 한마디만 없었더라면」)라는 것이 밝혀지듯이, 제도로 완전히 환원될 수 있는 개인은 없으며 '건너가기'의 욕망을 지니

지 않은 개인도 없다. 박소유 시에서 '구두' '신발' 혹은
'새'의 메타포가 자주 등장하는 것도 이러한 내밀한 욕망
의 구체적 발현이다.

'나'라는 동일자로 수렴되는 경향성에 대한 시인의 날
선 거부감은 생래적이라 느껴질 만큼 완고하다. 가령 '식
욕' 혹은 '먹는' 행위에 대해 시인이 그토록 공허한 시선
을 보내는 이유 또한 식욕이 가장 직접적이고 노골적인
자기보존의 욕망이라는 점과 관계된다. "온 몸 고스란히
그 입 속에 갖다 바치"는 인간의 생태에서 어찌할 수 없는
삶의 "절명지(絶命地)"(「잊을 건 잊어야지」)를 떠올리지만
동시에 "위험천만하다 입과 가까워진다는 건"(「허무맹
랑」)이라는 일갈에서 알 수 있듯, 시인은 스스로에 대한
비동일화를 노정한다. 그것은 '길'에서 이탈하여 '비탈'
로 쏟아지려는 바퀴의 아찔한 욕망이나(「비탈에 서다」)
"몸을 던지는" 필사의 결단으로 "화들짝" 피어나는 꽃의
묘사(「꽃의 직전」)에서처럼, 자기 파괴적인 수순조차 마
다하지 않는 강렬함과 절실함을 동반한다. 그리고 이러한
경향은 박소유 시가 보여주는 주변지향적, 타자지향적인
시선의 관성과 동일한 함량으로 나타난다. '나'에 대한
차가운 거리 감각의 강도만큼 타자에 대한 따뜻하고 친밀
한 '다가섬'의 밀도는 높아진다. 박소유 시에서 이러한
현상은 전면적이며 광범위하다.

어쩔 수 없이 내 그림자와 헤어져야겠다 좁은 길에 물지게를
지고 빠져 나가려는 사람을 본 적 있다 지고 가던 물지게가 가

로로 턱, 골목 입구에 걸려 있는 걸 십자가를 진 사람처럼 그 자
리에 못 박혀 있는 걸

　　오래 전 골목길에서 보았던 뒷모습이 오도 가도 못하고 내게
걸려있다 차라리 오동나무에 걸렸으면 보랏빛 오동꽃에 얼굴이
나 묻지 서벅대는 오동잎에 발바닥이나 씻지 그 사람 고개 돌리
면 천 번 쯤 바뀌었을까 내 얼굴

―「걸려 있다」 전문

　'나'와 헤어지고 그 안에 누군가를 걸어놓는 일, 박소유
의 시는 이러한 이중의 운동이 교차하는 가운데 자신만의
독특한 진폭을 형성해 간다. 걸려있는 자는 누구인가. 그
는 얼굴조차 모르는 자이며, 심지어 "오래 전 골목길에
서" "뒷모습"만 보았을 뿐이다. 그러나 물지게를 맨 고단
한 어깨며 옴짝달싹 못하고 골목에 못 박혀 있는 모습이
잊혀지질 않는다. 그는 레비나스적인 타자와 같이 도저히
거부할 수 없는 절대적인 현현으로 존재한다. "골목 입구
에 걸려 있"던 그가 "내게 걸려 있"게 된 모종의 이행 과
정이 상징 하듯, 이제 타자를 짓누르던 삶의 무게는 화자
의 것이 되었다. 누군가를 나에게 '걸려 있는' 자로 의미
화한 순간, 그의 고통은 화자가 기꺼이 감당할 수밖에 없
는 필연적인 무엇, 또 다른 '나'의 삶으로 전화한다. 이는
고통의 분담이나 공유의 차원이 아니라, 스스로와 환치할
수 있을 만큼의 전면성을 띠고 표명된다. "내 그림자와 헤
어져야겠다"는 첫 문장의 울림이 인상적인 것은, '나'보

다 선행하는 타자의 존재론에 대한 시인의 결기어린 진심
이 느껴지기 때문이다.

> 단숨에 밤하늘을 두 쪽 내고 튀어 오르는 울음이 있다
> 누워있던 골목까지 다 따라 솟구친다
> 몸속에 날선 칼이 있어야만 저렇게 울 수 있을게다
> 저 울음이 자유로울 동안 모두들 숨죽이고 있어야 한다
> 어둠도 목덜미 물린 채 꼼짝 못하고
> 자지러지게 울던 아이도 새파랗게 울던 삐삐주전자도
> 시도 때도 없이 울던 알람시계도 소리 내지 못한다
> 울어라 울어 실컷 울어, 고양이만 우는 게 아니다
> 너도 울고 나도 울지만
> 한 번도 곁을 주지 않는 울음에는 평생 주인이 없다
>
> ──「울음」 전문

　그럼에도 불구하고 '나'에게 걸려 있는 그는 언제나 오
리무중이다. 그는 "내가 모르는 방"이고 일종의 "암호"이
다(「암호」). 속내를 드러내지 않으며 근접하기조차 쉽지
않는 절대적 간극과 차이를 지닌 자에게만 '암호'의 표지
가 붙을 수 있다. 그것은 위 시에서 "곁을 주지 않는 울음"
으로 언표된다. 울음이라고 해서 모두 똑같을 순 없다. 주
인을 알 수 없는, 곁을 주지 않는 철저한 익명과 고독의 울
음만이 듣는 자를 숨죽이게 하고 어둠조차 꼼짝 못하게
만들 수 있다. 그것은 한편으론 완전히 소외된 잉여와 배
제의 표지이지만, 그러한 이유로 상징계의 허물어져 가는

한 구석을 환기하는 치명적인 파열음이다. 때문에 곁을
주지 않는 울음은 역설적으로 우리의 곁을 떠돌고 매혹한
다. 곁의 부재가 무수한 곁을 만들어내고, 주인이 없는 울
음이 새로운 주인을 찾아가는 예상치 못한 세계의 풍경.
이것이야말로 누군가의 울음에 귀 기울이는 행위가 제 안
에 품고 있는 드물고도 귀한 실재의 세계이다.

　　3

　암호에 맞닥뜨렸을 때 취할 수 있는 행위는 암호를 푸
는 데에만 있지 않다. 암호란 풀리기 위해서가 아니라 풀
리지 않기 위해 존재한다. 그것이 암호의 정체성이다. 그
럴 때 가능한 방식은, 암호를 푸는 자 스스로 암호가 되는
것이다. "내가 낯설어지"는 과정을 동반한 채 타자의 진
실에 가닿기 위해 고안한 하나의 방식, 이를 시인은 '감
염' 혹은 '감전'(「선물」)이라 부른다. 누군가 집 창가에
던져두고 간 '사랑한다'는 말에도 "무슨 뜨거운 것을 받
아 쥔 사람처럼" "안절부절 못하는"(「사랑한다는 그 말」)
박소유 시의 화자들은, "그 누구의 꿈도 아닌 꿈을 꾸는
것"(「그 누구의 꿈도 아닌」)으로 세상을 산다.

　　구부러진 노인이 오그라든 유모차를 밀며 가네
　　서둘러 당도할 곳이 있기나 한 것처럼
　　세상에서 가장 요란한 발걸음으로 지나가는데

가만 보니 소리만 있고 동작이 없네

고비마다 손발 떼어주고 오장육부 다 내주고

어느 밤중 깜박 잠들어 꿈인지 생시인지도 모르고

둘, 둘, 굴러 집 찾아가는 엄마들

똑같은 표정 똑같은 모습으로 지나가네

어쩌면 좋아, 아무렇지 않게 멀어져 가네

잡으려고 해도 손이 없는데

가볍고 아득한 이 온기는 어떻게 돌려주나

어둠은 지나간 모든 것들의 그림자

그저 스쳐가는 슬픔인 줄 알았는데

오, 오, 오, 오, 동그랗게 내가 굴러가네

—「오, 어쩌면 좋아」 부분

　　감염 혹은 감전의 진폭은 의외로 다양하고 광대하다.
그것은 존재에서 존재로 옮겨가는 시선과 감정의 단일한
경로이기보다, 삶과 죽음, 슬픔과 온기, 생기와 소멸이 서
로를 밀고 끌어당기면서 지금 · 여기를 재구성하고 현존
에 대한 낯선 통찰을 던져주는 과정 안에 존재한다.「오,
어쩌면 좋아」에서 우선 명료하게 잡히는 것은 유모차를
밀고 가는 "구부러진 노인"에 대한 애틋한 응시가 "동그
랗게 내가 굴러가"는 상황으로 이어지는 장면이다. "그저
스쳐가는 슬픔인 줄 알았"던 잠깐의 동요가 유모차 바퀴
의 원환적 운동으로 '나'를 전화(轉化)시키는 과정은 대상
에 대한 박소유 시 특유의 따뜻하고 곡진한 감정의 결을

오롯이 투영한다. 그것은 타자를 향한 일방향적이고 비약적인 감정의 증폭만은 아니다. 유모차 노인에게서 "고비마다 손발 떼어주고 오장육부 다 내주"던 복수(複數)의 '엄마들'을 발견하면서, 노인은 이미 내게 "가볍고 아득한" 손의 "온기"를 건네준 존재, 내 삶의 "그림자"가 된다. 그의 쇠락함을 대가로 화자는 성장했으므로 '나'의 삶 속에는 이미 누군가의 소멸이 잠재해 있다. "동그랗게 내가 굴러가"는 마지막 장면의 외침은 소멸의 궤적에 동참하는 생의 외침이자 다시금 "요란한 발걸음"으로 약동하는 노인/엄마들의 외침이기도 하다.

이렇듯 삶이 죽음을 끌어당기고 양자가 서로에게 결속되어 있는 양상을 그려내는 데 있어 박소유는 매우 집요한 관심을 보인다. 그것은 주로 죽음의 무게, 온기, 힘이라는 역설적 테마를 일상의 풍경 속에서 길어내는 작업으로 나타난다. 죽음은 애도되어야 할 것이 아니다. 죽음과 팽팽하게 맞서기 위해 오히려 생자(生者)는 "숟가락"을 들어야 한다(「뜨거운 국에 오래 담가 둔 숟가락처럼」). 늙어가는 자의 말(言/馬)이 "이곳 저곳 뛰어다니"고(「말이 뛴다」), 병중의 무력한 발 한쪽이 "병아리蘭"의 노란 발과 환치되는 세계의 풍경을 통해, 시인은 죽음의 부력으로 생을 밀어올리고 있다. 이에 관한 한 「앞날」은 매우 인상적인 장면을 선보인다.

산비탈 잡목 숲을 향해 그가 손짓한다 연달래 피었다고, 붉지도 희지도 않아 물에 헹구어 낸듯한 꽃, 햇빛에 속 비치는 아사

헝겊 같다 나는 진달래 밖에 몰랐는데 수달래도 있단다 갑자기 입 안에 꽃 이름이 줄을 선다 진달래는 붉고 연달래는 연하다 그 다음 수달래라니, 진한 진달래에서 연한 연달래 사이로 몇 걸음 걸어가다 주춤한다 흰색이라고? 소복 같고 소색나비 같고 흰 머리칼 할미꽃 등허리 같은...앞날이 급박하게 나를 잡아당긴다 진달래 다음이 연달래 그 다음 수달래라면 이 걸음 너무 빠르다

  멈춰라! 그곳은 아직 멀고 꽃은 이제 막 피었다

—「앞날」 전문

이 시의 화법은 시종일관 밝고 경쾌하다. '진한 진달래—연한 연달래—수달래'로 이어지는 흥겨운 말놀이와 리드미컬한 호흡의 진행은 봄날의 정경을 만끽하는 화자의 들뜬 심정을 십분 전달한다. 그러다 가쁘게 이어지는 시의 호흡은 갑자기 수달래가 연상시킨 '흰색'의 이미지—소복, 소색나비, 할미꽃 등허리 같은—에서 "주춤"한다. '죽음'이란 말은 한번도 발화되지 않았지만, 화자는 "앞날이 급박하게 나를 잡아당긴다"고 말한다. 꽃이름을 신나게 열거하는 과정 속에 이미 삶은 '옅어지고' 있었으며 '죽음'은 당도해 있다는 것. 화자의 당혹스러움은 생의 발랄함 가운데 불현 듯 고개를 내민 죽음의 기미를 알아챈 데서 나온 것이다. 그러므로 "멈춰라! 그곳은 아직 멀고 꽃은 이제 막 피었다"라는 문장은 왠지 역설적으로 읽힌다. '꽃은 이제 막 피었지만 그곳(죽음)은 이미 여기

일는지 모른다는 것'. 그럴 때 '멈춰라' 말은 오히려 자신의 불가피한 자각을 선언하는 효과를 가져온다. 삶이 죽음 쪽으로, 혹은 죽음이 삶 쪽으로 슬쩍 자리 이동하는 농밀한 인력과 상호 교호의 세계 속에서, 개별자 간의 심원한 낙차는 본질적으로 무화되어 버린다.

4

박소유 시가 추동하는 환유적 상상력의 편력을 따라가다 보면, 궁극적으로 세계의 외곽에 놓인 변두리 삶들과 조우하게 된다. 그들은 여전히 '암호'로 남아있지만 암호의 배후조차 알 수 없는 것은 아니다. 지하도 노숙인, 철거촌과 재개발 지구의 삶, 곱사등이 남편과 입양아에 이르기까지 시인의 시선은 부박한 세계의 주변부 어디쯤에 머물고 배회한다. 시인은 암호에 다가가기 위해 스스로 암호가 되고자 했지만, 그 방법만이 전부는 아니다. 암호를 해독하는 것이 불가능하다 해도, 암호의 배치를 따라 읽을 때 우리는 훨씬 그(들)의 삶에 근접하게 된다. 그것이 타자의 속내를 알 수는 없어도 짐작할 수 있으며, 소통할 순 없어도 공명할 수 있으며, 위로할 수 없다 해도 배려할 수 있는 방법이다.

이에 대한 접근 방식은 크게 두 가지로 나뉜다. 현실의 따뜻한 변주가 한 축이라면, 현실의 사실적 응시가 다른 한 축을 이룬다. 이 두 축은 박소유 시집 전체를 일종의 씨

줄과 날줄처럼 촘촘히 엮어내는 시적 방법론이면서, 타자와 만나는 시의 윤리이기도 하다.

> 참 멀리서도 오는구나
> 바닥 잠을 자려고 별똥별이 꼬리를 질질 끌며 온다
> 생은 연속이며 연장이다
> 가장 빛났던 순간을 뒤로하고
> 생각지도 못했던 미래를 막 통과하는 중인데
>
> 지하도는 앉은뱅이 성단이다
> 뭐라 말 할 수 없어도 그들은 서로 통한다
> 동물인형의 쫑긋한 표정이 봉지과자를 바라보고
> 숨결처럼 부드러운 팬티 브래지어가 눈길을 끌어도
> 그 바닥에서 가장 인기 있는 건
> 세상 모든 발자국을 본 뜬 구두다
> 제 발로 햇빛 찬란한 지상으로 걸어 나가고 싶은 걸까
> 사람들은 골똘하게 내려다보고
> 두 손으로 마구 휘저으며 짝을 찾아 헤맨다
> 미항공우주국에서 캄캄한 밤하늘을 이 잡듯 뒤져
> 아직도 남아있는 원시별을 찾아내는 것처럼
>
> ─「앉은뱅이 별」 부분

이 시에서 지하도 노숙인들의 풍경은 "앉은뱅이 성단"으로 변주된다. 그러나 이때 '별'이라는 변주는 현실을 비약하는 수직적 몽상의 시학이 아니다. '별'은 노숙인의

삶에 대한 상승과 고양의 메타포라기보다 그의 삶을 가로
지른 유구한 '시간'을 함축하기 위한 연장(延長/鍊匠)에 가
깝다. "생은 연속"이며 그는 연속으로서의 생을 담지한
채 "별똥별"로서 여기 도래했다. 그럼으로써 그는 빈한한
현재로써가 아니라 알지 못할 과거와 미래의 광대한 시간
의 영역을 통해 감각될 수 있는 존재가 된다. 박소유의 시
에서 이렇듯 삶은 무엇보다 '시간'과 더불어 이야기된다.
오리를 바라보는 노인에게서 "무거운 하늘을 밀어내며
갈" "긴 세월"을 읽어내듯이(「오리들」), 화자는 노숙인의
삶에서 "가장 빛났던 순간"과 "생각지도 못했던 미래"를
읽어낸다. 여기서 '미래'란 실은 시적 문맥 상 '현재'를
가리킨다. 과거로부터 발원한 화자의 시선이 노숙인의 현
재를 "생각지도 못했던 미래"로 의미화 함으로써 그가 당
면한 남루한 현실은 모종의 열린 지점을 향하게 된다. 이
것이 시간의 계기를 통해 삶을 이해하고자 하는 태도의
가장 큰 미덕이다.

그 정점에 있는 것이 "세상 모든 발자국을 본 뜬 구두"
이다. 박소유 시에서 '구두'가 다른 세상으로 건너가고자
하는 욕망을 상징한다면, 여기서도 예외는 아니다. "지상
으로 걸어 나가고 싶은" 환한 욕망을 읽어내는 시인의 눈
은 세심하고 사려깊다. 더욱 특별한 것은, 그것이 '너'와
'나'의 구별과 경계가 사라지고 욕망의 위계와 상하도 없
는, "세상 모든 발자국들을 본 뜬" 구두이기 때문이리라.
그래서 「앉은뱅이 별」의 '구두'는 생존의 극지에서 몸을
웅크릴 수밖에 없는 모든 비루한 자들에게 선사하는 시인

의 빛나는 조형물처럼 느껴진다.

    채송화가 부서진 화분 밖으로 기어 나오고 오래된 골목 냄새
가 코를 찌른다 고층 아파트가 전기 끊긴 집에 달빛마저 끊는다
고, 붉은 욕창처럼 문드러진 비닐장판에 누운 잠 다시는 깨지
않기를 바라는 서러운 잠이라고, 재개발 때문에 떠나야 하는 사
람들 이야기가 조간신문 두 면에 가득하다
    아니나 다를까, 창구멍 숨구멍도 없이 반지하방 쪼들리는 햇
빛에 겨우 키가 크는 애들이 활개치고 놀던 골목에서 한 아이가
무릎에 얼굴을 묻고 있다 햇빛은 멀고 얼마나 걸어 나가야 이
골목을 빠져 나갈 수 있느냐고, 기어 나오다 기어 나오다 어느
날 멈춰 버린 키 작은 채송화처럼 아무리 들여다보아도 얼굴이
보이지 않는다

—「아이가 무릎에 얼굴을 묻고 있다」 전문

    그런가 하면 이러한 무력한 시선도 기억해야 한다. 따
뜻한 배려와 내밀한 공명(共鳴)조차 불가능한 어떤 풍경이
있다. '달빛'과 '햇빛'마저 공평히 나눠 갖지 못한 세계
의 외부, 길고 긴 미로의 '골목', "붉은 욕창"이 피어나고
"키 작은 채송화"가 성장을 멈춘 그 곳. 시인은 그저 응시
할 수 있을 뿐이다. 그러나 시인의 응시 속에서도 아이는
얼굴조차 보이지 않는다. 어쩌면 그들은 얼굴 없는 존재
들이다. 다만 조간신문 두 면에서나 접할 수 있을 뿐인, 철
저히 외면당한 '검은 구멍'이다.
    박소유 시의 근저에 따뜻하고 낙관적인 시선이 있다면,

그것이 보다 농밀한 시적 긴장감과 호소력으로 다가오는 경우는 이처럼 시인의 시선이 모종의 불편한 진실과 대면함으로써 균열과 찢김을 동반하고 돌아올 때이다. 시인이 최종적으로 확인할 수 있는 것은 보이지 않는다는 사실뿐이다. 그들은 골목을 빠져나갈 수 있을까. 시인은 그 얼굴을 만날 수 있을까. 다만 답할 수 있는 것은, '검은 구멍'이 은폐되거나 함구되지 않기 위해, "좀 더 오래가는" 질긴 "구멍을 덧대는 슬픈"(「농담」) 작업만이 가능하다는 점이다. 이는 박소유가 이 시집을 통해 줄곧 말해왔으며, 잘 해낼 수 있는 일로 보인다. 시인 스스로도 말하고 있지 않은가.

> 나는 다만 지나가는 사람, 눈물 짓무르는 가장자리를
> 조심스럽게 밟고 지나가야 한다
>
> ― 「안개주의자」